Para Megan,

por ser mi inspiración

– J.B.

Volar yo quiero

Canción compuesta
e interpretada por
Maureen McGovern

Escrito por Judy Barron

Ilustrado por Cyd Moore

SCHOLASTIC INC.
New York Toronto London Auckland Sydney

Music and lyrics copyright © 1995 by Maiden Voyage Music.
Illustrations copyright © 1995 by Cyd Moore.
All rights reserved. Published by Scholastic Inc.
Printed in the U.S.A.
ISBN 0-590-25011-6

1 2 3 4 5 6 7 8 9 10   09   01 00 99 98 97 96 95 94

Lo qué más quiero
en el mundo entero,
más que nada
volar yo quiero.

Cuando vaya a la escuela
esconderé mis alas,

y cuando tenga que
guardar mis juguetes
o dormir una siesta,

entonces abriré mis alas
sin que nadie las vea,

y volaré hasta
las estrellas.

Lo qué más quiero
en el mundo entero,

más que nada
volar yo quiero.

Volaré a lugares nuevos
allí donde yo desee,

donde los adultos no regañen
y los niños no peleen.

Todo será delicioso
y siempre jugaremos,

jamás me sentiré mal
y nunca tendré miedo.

Lo qué más quiero
en el mundo entero,

más que nada
volar yo quiero.

Viajaré por las nubes hacia
España y Tombuctú,

y cuando quiera montar en llama volaré hasta Perú.

Me comeré un mango
a las orillas del río Nilo,

pero tendré mucho cuidado
de los feroces cocodrilos.

Lo qué más quiero
en el mundo entero,
más que nada
volar yo quiero.

Encontraré un gran desierto
y haré un castillo.

También hallaré una selva
repleta de pericos.

Un chimpancé de ojos verdes

será mi mejor amigo.

Hasta la noche jugaremos

y a casa volaremos.

Lo qué más quiero
en el mundo entero,
más que nada
volar yo quiero.

31

Volar yo quiero

Canción compuesta
por Maureen McGovern

Escrito por Judy Barron

2. Volaré a lugares nuevos
   allí donde yo desee,
   donde los adultos no regañen
   y los niños no peleen.
   Todo será delicioso
   y siempre jugaremos,
   jamás me sentiré mal
   y nunca tendré miedo.

3. Viajaré por las nubes hacia
   España y Tombuctú,
   y cuando quiera montar en
   llama volaré hasta Perú.
   Me comeré un mango
   a las orillas del rió Nilo,
   pero tendré mucho cuidado
   de los feroces cocodrilos.

4. Encontraré un gran desierto
   y haré un castillo.
   También hallaré una selva
   repleta de pericos.
   Un chimpancé de ojos verdes
   será mi mejor amigo.
   Hasta la noche jugaremos
   y a casa volaremos.